TTS文庫

詩集　なごみ路

江戸悶頓

JN213375

東京図書出版

詩集
なごみ路

目次

薫る風

水仙

風が哭《な》く
浪が咆える
覆いかぶさる暗い空から
雷光がはじける

荒れ狂う嵐の断崖に立って
君は何を見たのだろう

果てしない宇宙の彼方か
地獄への道か

でも君は知っている
いつかそこには
清々しい水仙が薫ることを

マンナ

あのとき、わたしは知らなかった
マンナがこの世を去ったことを

わたしは、そのとき夢を見ていた
日だまりの草原を
マンナがひとり駈けて行く夢を

美しい花々が咲き乱れた草原の中を

マンナは転がりながら笑っていた
あの笑顔、もう見ることはないのか
ありがとうマンナ
あの素敵な笑顔を

白い花

君はあのとき
何を見たのだろう

谷あいを満たす霧の流れか
湖面に浮かぶ流木だったのだろうか

岸辺には

白い花が咲いていた
ひっそりと誰にも知られず
それでいい
花はおのれのために咲く

親子鹿

木々を揺らして風が走る
木洩れ日の中にたたずむものは
鹿の親子か

そのつぶらな目には
澄んだ青空が映っていた

森が奏でるシンフォニーを

その耳は聴いていた
谷あいを流れる沢に
いつしか春が映っている
この沢を越えて行こうよ
あの峰に向かって

山あいの湖

この道はどこへ続くのだろう
森を抜け谷を渡り
行方も見えずただ続いている
行くほどに道はますます細く
藪に消え入るように
だが、ひたすら続いている

小高い丘を登りつめると
突然現れた小さな湖

静かな水面《みなも》には鳥が泳ぎ
岸辺には山桜が咲いていた

君はそこに
世界の平和を見たのだろうか

アニカ

アニカ、君はどこへ行ってしまったの
小さな野の花を髪にかざして
森の小径《こみち》を駈けていった

その小径をたどって行くと
そこは崖の上だった

はるか崖の下には

清らかな川が流れ
その岸辺には草原が広がり
たくさんの黄色い花が咲いていた

ふと見ると、草原の中
狐と遊ぶアニカ
二人は楽しげにじゃれていた

孤鳥

陰鬱《いんうつ》な空の下
はてしなく連なる白銀の山なみ
あるときは雲に閉ざされ
あるときは薄日をあびて鈍く光る

あの山なみの向こうには
何があるのだろう
宇宙への旅立ちか

あるいはまた来世への入り口か

空高く舞う一羽の鳥
悠然と大きな弧を描き飛んでいる
暗い空のもと寂しくはないのか

鳥よ、連れて行ってくれ
あの山なみの向こうへ

いも虫

葉群《はむら》の間を蠢《うごめ》く一匹の虫
緑の体に黒い横縞
見るからに気持ちわるい

棘だらけの小枝の先を
器用に登りながら
頭を前後左右に揺すっている

薫る風

もしかして蛹になる場所を
探しているのか

そうか君は
いつか美しい蝶になって
大空を思う存分飛びまわるのだ

君の未来に幸多かれと願う

蛙

天高く落下する千丈の滝
そびえ立つ岩崖に挟まれて
その裾には飛沫が立ち昇り
虹さえも浮かべている

滝壺をとりまく巨岩は
ぬれた苔に覆われ
ときおり風が苔を撫でて通り過ぎる

薫る風

苔の上に休む一匹の蛙
動くこともなく
ただひたすらしぶきを浴びている

君はそこで何を想っているのだろう
はるかなる地球の歴史か
あるいはまた明日のおのれか

リンカ

ススキの穂を高く振りながら
野道を駈けていくリンカ
こぼれるような笑顔に太陽がまぶしい

草原いっぱい、こぼれる野の花
白、黄色、桃色、紫色
その向こうには雑木の林
林はもう秋色

薫る風

木々の葉は赤茶色に染まり
落ち葉にまじって転がる木の実
落ち葉かき分け栗拾うリンカ
秋の日を受けてつややかに光るその可愛い実
もうかごにいっぱいだ

そろそろ帰ろうかリンカ
今夜は栗ご飯だね

チャビー

高い断崖から飛び降りるチャビー
渦をまく激しい流れに向かって

頭から落ちていくチャビー
日に焼けた黒い肌にしぶきが舞う

渦の中から
チャビーの頭が上がる

薫る風

大きく揺られながら
こっちに向かって手を振る
誇らしげなその笑顔

チャビー、上がっておいで
みんなでバーベキューをしよう
その辺の野草も摘んで

雀《すずめ》

刈られた芝生に群がる雀たち
いそがしそうに
地面をつつきまわっている

そこにはきっと
何か素敵なものがあるのだろう
それは草々の種か

あるいは地にひそむおいしい虫なのか
ちょうど人間たちが
ダイヤモンドを探したり
石炭を掘ったりするように

そこにはきっと
雀たちの宝と仕事があるにちがいない

カモシカ

山の斜面を覆って
黒々と生い繁る杉の森
森の中、あちこちには
残雪のかたまり

かたまった雪の上に
点々と続く動物の足跡

ある時はまっすぐに
ある時はよたつくように

ささやぶの向こうに何か動くものがいる
忍び足で藪の向こうを歩いている

はからずも木の間隠れにその姿が見えた
じっとこちらをみつめる動物
それは一頭のカモシカだ

カモシカ君、
君はこの雪山で冬を越したんだね

レンゲ草

のどかな春の日ざしのもと
棚田を一面ピンク色に染めて
咲くレンゲ草

よく見ると
小さな可愛いピンクの花が
丸く輪になって
まるでお花のティアラのようだ

花の下には緑の葉っぱ
じゅうたんのように生えている
幾段もの棚田を染めるレンゲ草
下の棚田では
もう田起こしが始まっている

ナズナ

畑のあぜ道に咲くナズナ
暖かな春の日をいっぱい浴びて
白い小さな花がたくさん
盛り花のように集まって咲いている

よく見ると四枚の花びら
十文字に向かい合う

その真ん中には小さな黄色の粒々
花の下には可愛いハート形の実
互い違いにたくさんついている

ペンペン草とも呼ばれるんだって

ときには踏まれて
つぶされることもあるだろう
でもまたすぐ立ち上がって咲く

たくましい草、ナズナ

白い兎

谷あいを埋め尽くす巨大な氷河
流れ下って平原に開く
その末端には巨礫の山
うず高く積み上がる

巨礫を登ると
岩かげに咲く小さなケシの花
淡い黄色が不思議に暖かい

ふと見上げると大きな岩かげに
ジッとこっちを見つめる一匹の白い兎

暗い空のもと、吹く風は冷たく
真夏とはいえ体の芯まで冷える
こんな寒い地に、けなげに生きる白い兎

でも君には、ここがふるさとなんだよね

花吹雪

風に吹かれて舞い散る花びら
何十万、何百万、何千万
地面を白く染め竜巻のごとく舞い狂う

風が通るたび、たくさんの小さな花びらが
駈けっこするように
地面を走り転がりまわる
池の水面《みなも》も花びらで真っ白だ

ふと見上げると花が散って
さびしくなった親木
でもそこには赤い新芽が
早くも萌え立っていた
もうじき鬱蒼と葉が生い茂るのだろう
来年の花のために

アゲハ蝶

春の日差しを浴びて
菜の花畑を飛びまわるアゲハ
ヒラヒラと空中を舞っては
急降下して菜の花にとまる

菜の花のかたまりの上を
花から花へと蜜を吸い吸い移動する
そしてまた空へと舞いあがる

その翅は
黒とクリーム色の鮮やかなコントラスト
君はなんと美しい翅をもっているんだろう
誰もがほれぼれするその翅

あゝ、僕もアゲハになりたい

アゲハになって
菜の花畑を思う存分
飛びまわってみたい

尺取虫

こんもりと繁った森の中
目の前に薄緑色の虫がぶらさがっていた
ゆらゆらと風にゆれる虫

目にも見えない細い糸で
木の枝からブランコしている
手を出して受け止めると
手のひらに乗り移り

体を伸ばして歩き始めた
前体をいっぱい伸ばしては後体を急に縮め
一歩一歩、尺を数えるように歩いていく
でも君は森に戻りたいのだろうね
木の枝に近づけると
そそくさと手のひらから移っていった
元気でね、虫くん
木の葉を一杯食べて大きくなるんだよ

トナカイ

ツンドラに草を食むトナカイ
一頭、二頭、三頭

群れからの、はぐれトナカイか
ときどき、不安げにあたりを見回す

そして三頭は寄り添いながら
ゆっくりと河原へ下りて行った

いまツンドラは一面の草もみじ
燃える深紅はウラシマツツジ
ワインレッドはヒメカンバか

地面には可愛い果実も色づいている
赤い実はコケモモか、黒い実はガンコウラン
そして濃い紫色はクロマメノキだ

見上げると空は暗く風は冷たい
明日はきっと雪になるのだろう

君たち、早く南へ行かないと冬になるぞ

つわぶき

葉の散りはてた雑木林
明るい日ざしが地面に注ぐ

吹き渡る風は冷たいが
日の当たる落ち葉は暖かく
風が吹くたびざわめいている

そんな落ち葉のなかに咲く金色の花

薫る風

地面から伸びあがった茎の先に
幾つも連なって咲いている
根元には大きな丸い葉
赤茶色の落ち葉のなかに
そこだけ濃い緑の葉叢《はむら》
秋の日を浴びてつややかに光る

もう木枯らしがそこまで来ている
明日はしぐれになるのかも

残り日をいまのうちに
せいいっぱい楽しむがいい

山椒《さんしょう》の赤ちゃん

暗い森の小路
足もとには小さな山椒の木
背丈は十センチくらいか
今はまだ赤ちゃんなのだろう

こまかいギザギザのある可愛い葉が
いくつも重なっている

葉を一枚つまんでみると
一人前にツンとした香り

今は赤ちゃんでも
やがては立派に
大きな山椒の木になって

花を咲かせ、香りの強い辛い実を
いっぱいつけるのだろうね

赤い夕日

赤い夕日が見たいと
あの子は言った
限りない小麦の畑
馬駆ける女の子

赤い夕日が欲しいと
あの子は言った
はてしない地平のきわに

教会のシルエット
赤い夕日を取ってと
あの子は言った
草原を駆けて行こうよ
赤い日の沈むかなたへ

木苺《きいちご》

藪をかき分けかき分け
山道を登っていくと
茂みの中に黄色の小さな実
金色の小さな粒がたくさん集まって
指先ほどの塊を作っている
木苺というんだって
摘みとって口にいれる

さわやかな甘酸っぱい味

茂みを覗きながら
金色の実をつまむ
でも茎はトゲトゲだらけ、刺さると痛い

トゲをよけよけ
実を摘みとって頬張ってみる
これも山歩きの楽しみか

見上げると空は暗い
梅雨が始まるのももう直ぐだ

お父さん

ねえ、お父さん
どこへ行ったの

お父さん、お父さん
会いたいよう

お父さん、お父さん
いま何してるの

お父さん、お父さん
いまどこにいるの
お父さん、お父さん
帰ってきてよ
お父さん、お父さん
もう会えないの
お父さん、お父さん
会いたいよう

春の池

山深く、新緑に囲まれた静かな池
早春の日差しを受けて、岸辺に咲く花は山桜か

池の面には数羽の水鳥
行きつ戻りつのどかに遊ぶ

ふと見ると池の向こう岸
春の日を浴びてまどろむカモシカ

薫る風

どんな夢をみているのだろう
いつか目ざめたカモシカ、立ち上がり
池のふちを右へ左へ行ったり来たり
そのうち池へ飛び込んだ

ゆっくり手足を動かして池の真ん中へ
何とものんびりした泳ぎかた
そうか、カモシカって泳ぐんだ

池を一回りして、草むらに這い上がり
座り込んでまどろみ始めた
春の日差しが暖かい

もしも私が死んだなら

もしも私が死んだなら
白樺の皮で作った小舟に乗って
このささやかな流れを
何処までも下って行こう

小鳥は私の死を悼み
若葉は私のむくろを美しく飾ってくれ
雲は私のために

涙を流してくれるだろう
もしも私が死んだなら
白樺の皮で作った小舟に
乗せて流してくれ

雷光

遥かなる山の峰々にかかる群雲
神々しいまでに白く美しい
そこには神が宿っているのだろうか

だがその群雲は突然両袖を広げ
山麓までを覆いつくし
暗雲に変わった

冷たい風が吹きおろし
雲間にはときおり閃光が走り
遠雷が轟きわたる

それは、山の神と雷神との戦いなのか

はるかなる山並み

はてしなく広がる青い空
点々と浮かぶ白い雲
まるで真綿を千切ったような

はるかなる地平の際には
紫にかすむ山の連なり
もう山は雪なのだろうか
峰々の頂《いただき》ふきんには

くすんだ白い斑模様《まだらもよう》が
そんな山並みを見ていると
なぜかむしょうに悲しくなる
吹く風は冷たく日差しも淋しい
今年も残すところあと僅かだ

ごめんね

暗い森のたたずまい
下草を揺らして
通り抜けて行くもの
それは狼かコヨーテか

岩陰に身をかくして
じっとこちらを見ている
とんがった耳たぶと鋭く光る眼

だいじょうぶだよ、安心して
ここは君の生きる世界なんだよね
ごめんね、勝手に入って来ちゃって
さようなら
いま出て行くからね

氷河の彼方

君は知っているだろうか
あの氷河の向こうに
ひとすじの道があることを

その道をたどって
連なる山並をめざせば
そこには夢が待っている

行くほどに谷あいに広がる草原
そこはみごとなお花畑

百花繚乱
濃いピンクはエフデグサか
よく見ると黄色いカタクリの花も
それにオキナグサに似た白い花

お花畑の向こうには小さな流れが
流れに沿って小道が続く
夢を追ってその道をたどってみよう

青い空

ねえ、おかあちゃん
空はどうして青いの
海の色を映しているから？
それとも煙がたまっているから？
でも、ぼくは青い空が好きだよ
だって、お日さま暖かいんだもん

マトゥーク

マトゥーク

わたしがなにをしたというのでしょう
わたしが地球を征服し
あなたがたを奴隷にしようとしたとでも
いうのでしょうか
マトゥークは叫んだ
風に向かって咆えた

果てしなく広がる陰鬱な空
粘液質の鈍重な海
重なり合う氷塊
ひょうびょうたる雪煙
その氷塊の一隅に追い詰められて
マトゥークは咆えたてた
怒りと恐怖に逆立った
灰白色の毛が風になびき

濡れた黒色の両の目は大きく見開かれ

その目をもって
マトゥークは運命を見た

わたしがなにをしたというのでしょう

わたしはここに生まれ

あなたがたさえもめったに近寄らぬ
ここ氷雪の地にひっそりと
生きてきたのです

その日その日の糧を求め
あるときは飢え
あるときはささやかな獲物に満足し

生を楽しみ
自由をうたい

そしてただひたすらに
生きてきたのです

あなたがたがここにやってくるまで

わたしはあなたがたの
存在すらも知らなかった

あなたがたはいったい何なんですか

あなたがたは神なんですか

神ならばわたしたちに
恵みと庇護をくださるはず

それとも
さらなる過酷な試練をお与えなさろうと

いうのでしょうか
雪と氷と飢えと絶望の日々
それでもなお、わたしたちには
試練が足りないと
おっしゃるのでしょうか

あなたがたが
わたしたちにもたらしたものは……

氷原にこだまする銃声
キナ臭い硝煙

マトゥーク

そして…………殺戮

あなたがたはいったい何なんですか

わたしの母は
わたしの目の前で

あなたがたに殺されました

殺されて裸にされ…………
あれがわたしの母だったのでしょうか

たちまち蝟集する黒い鳥の群れ
あとは、ひょうびょうたる
むなしい風の音ばかり
わたしの兄は
餌場にやってきたあなたがたに
抗議しようとして
…………………
死にました

マトゥーク

ここは、わたしたちの世界なのです
わたしたちの父祖の地なのです

わたしたちは幾十万年
ここに棲みついて生きてきたのです

ここを出てわたしたちに

いったいどこで生きてゆけと
いうのでしょう…………

もしわたしたちが少しでも

あなたがたの世界に近づいたら
あなたがたは容赦なく
わたしたちを、あの恐ろしい銃器で
殺してしまうでしょう
でも、あなたがたの世界が
いつかわたしたちの世界に
割り込んできたとき
あなたがたはやはり容赦なく

わたしたちを追い立て…………

そしてわたしたちは
生きる場を奪われる

わたしたちがあなたがたから
何を奪ったというのでしょう

あなたがたがわたしたちから奪ったものは

わたしたちのしあわせ、くらし
そして……いのち

わたしたちは決して争いたくはない
だからゆずりにゆずって
いまやっと……ここに生きているのです

でも、この生活の場を……
ギリギリ残されたこの場所を……
もうこれ以上、失いたくはないのです
それは、わたしたちに
死ねということです

あなたがたに生きる権利があるように
わたしたちにだって
生きる権利があるはずです

あなたがたすらめったに近づかぬ
この極北の地に幾十万年
生きてきたわたしたちにだって

ささやかなしあわせを
求めてもよいはずです

ひょうびょうたる風

地をつたい走る雪煙
おりしも厚い暗雲の群がりが割れ
一筋の光が氷原を照らす

その日を背に
マトゥークは銀色の光芒に包まれた

わたしは知っています

あなたがたがわたしに
なにをしようというのか…………

マトゥーク

でもひとこと
言わせてください

あなたがたのその傲慢が
いつかきっとあなたがたご自身の
足をすくうことになるだろう……と

あなたがたが………………

轟然、氷原に炸裂する銃声
一発、二発……三発…………

極北の氷に深紅の花が開き……
そしてマトゥークは
崩れた

わ、た、し、が、……な…………に……………を……………………
………………………………

あとがき

私は子供のころから野山を歩くのが好きだった。幼少時を北満の田舎で過ごした原体験からか、また戦後、深い森に囲まれた田舎家に住んでいて、戦後の食糧難の時代、文字通り道草を摘んで来て食べていたせいか、大きくなってからも、山に登り、森を歩き、野を訪ね植物を見るのが好きだった。

あの山の彼方には夢がある。とうげ道を登って行くと突然、行方に静かな水を湛えた池に巡り合い感動する。こうしてよく山あいの小路を歩いたものだった。人間も本質的には、けものなのだろう。森を歩きながら日頃の憂さを忘れ、ひとときの心のなごみを味わえるのだった。それが昂じて、原始の森を訪ね植物を見ることに何かしら情熱を覚え、とう

とう植物を勉強することになってしまった。森の中の、ほとんど道ともいえないような、それこそけもの道をたどりながら、ふと思い浮かんだ抒情や言葉を綴ったものが、この「薫る風」である。

私が「マトゥーク」という詩を着想したのは、一九七〇年代の中頃だった。その頃、世界ではベトナム戦争が泥沼状態に陥り、アメリカは北ベトナムへ事実上、無差別爆撃を繰り返していた。だがそのとき、アメリカが攻撃の目標としたベトコンよりは、無辜の一般ベトナム人がその被害を受けていた。しかしアメリカは、そんなことにはお構いなく、おびただしい爆弾を投下、その総量は八〇〇万トンを超えたとも言われている。さらにアメリカは、ベトコンが潜むという熱帯雨林を焼き払うために化学兵器として大量の枯葉剤を散布した。これが、後になって現地住民たちの間にさらに悲惨な状況を作り出していたのである。枯葉剤にはダイオキシンという催奇性の強い化学物質が含まれており、枯葉

剤散布が現地住民の生理作用、ことに胎児の発達に深刻な影響を及ぼし、現地では生まれつき障害を持った多くの子供が出現したのである。

ベトナムの現地住民たちには、いったいどんな非があったというのか。ベトナムがアメリカ本土を侵したというならともかく、ほとんど仮想の敵と言ってもよいようなベトコンを滅ぼそうと、アメリカは北ベトナムを爆撃して、ベトナムの自然を破壊し深刻な環境汚染を作り出し、無辜の住民に悲惨な状況をもたらしたのである。

話は変わるが、その時期、カナダやアラスカの北極域で行われているホッキョクグマ（白熊）の狩猟に対しても批判が盛り上がっていた。もともと数の少ないホッキョクグマである。その当時、このままではホッキョクグマは絶滅しかねない状況に追い込まれていた。そのため、一九六〇年代に盛り上がった環境保全、自然保護を求める世論の高まりが、ホッキョクグマの狩猟禁止をも求めていたのである。

ベトナム戦争とホッキョクグマ、一見なんの関係もないこの二つの問題の間に、私はある種の共通点を見つけ、このマトゥークという詩を想ったのである。

本書を上梓するにあたり、これまで編纂の過程で懇切丁寧にご協力をいただいた東京図書出版編集部の皆様に、心から感謝の意を表します。

TTS文庫

江戸　悶頓（えど　もんとん）

東京都生まれ。幼少時を旧満洲で過ごす。戦後、九州に引き揚げ福岡県で高校を卒業。それからは、北の自然と植物にあこがれ、もっぱら北方域、とくに北欧、ロシア、アラスカ、カナダなど北国の自然をさまよい歩いた。そんな自分の生きざまの中で想いついた詩情を綴ったのが本詩集である。

詩集　なごみ路（なごみみち）

2018年12月25日　初版第1刷発行

著　者　江戸悶頓
発行者　中田典昭
発行所　東京図書出版
発売元　株式会社 リフレ出版
〒113-0021　東京都文京区本駒込 3-10-4
電話（03）3823-9171　FAX 0120-41-8080
印　刷　株式会社 ブレイン

ISBN978-4-86641-213-9 C0192
Printed in Japan 2018
落丁・乱丁はお取替えいたします。

ご意見、ご感想をお寄せ下さい。

［宛先］〒113-0021　東京都文京区本駒込 3-10-4
東京図書出版